CATALOGUE

DES

DESSINS ET ESTAMPES

COMPOSANT LA COLLECTION

DE

M. AMBROISE FIRMIN-DIDOT

TABLE DES PRIX D'ADJUDICATION

PARIS

LIBRAIRIE DE FIRMIN-DIDOT ET C[ie]

56, RUE JACOB, 56

1877

TYPOGRAPHIE DE FIRMIN-DIDOT ET Cⁱᵉ

56, RUE JACOB, 56

CATALOGUE

DES

DESSINS ET ESTAMPES

COMPOSANT LA COLLECTION

DE

M. AMBROISE FIRMIN-DIDOT

TABLE DES PRIX D'ADJUDICATION

PARIS

LIBRAIRIE DE FIRMIN-DIDOT ET Cⁱᵉ

56, RUE JACOB, 56

1877

CATALOGUE

DES

DESSINS ET ESTAMPES

COMPOSANT LA COLLECTION

DE

M. AMBROISE FIRMIN-DIDOT

TABLE DES PRIX D'ADJUDICATION

Numéros.	Prix.	Numéros.	Prix.	Numéros.	Prix.	Numéros.	Prix.
1	100	31	65	61	90	91	100
2	400	32	390	62	80	92	11
3	58	33	105	63	30	93	20
4	20	34	40	64	56	94	50
5	430	35	360	65	170	95	200
6	60	36	40	66	40	96	2020
7	45	37	20	67	100	97	
8	40	38	60	68	105	98	52
9		39	120	69	52	99	115
10	50	40	40	70	175	100	100
11	180	41	150	71	100	101	25
12	300	42	20	72	76	102	80
13	2605	43	15	73		103	290
14	4900	44		74	165	104	13
15	5100	45	45	75		105	980
16	5500	46	70	76		106	4060
17	1955	47	150	77	156	107	500
18	3000	48	30	78		108	160
19	1405	49	400	79	105	109	30
20	100	50	255	80	99	110	
21	1900	51		81	225	111	315
22	205	52	220	82	220	112	310
23	160	53	100	83	30	113	21
24	20	54	39	84	11	114	11
25	40	55	30	85	315	115	11
26	105	56	155	86	75	116	20
27	40	57	380	87	250	117	6
28	300	58	17	88	55	118	56
29	75	59	21	89		119	
30	230	60	70	90	60	120	6

Numéros.	Prix.	Numéros.	Prix.	Numéros.	Prix.	Numéros.	Prix.
121	10	170	11	221	1140	272	120
122	125	171		222	4500	273	95
123	3 50	172	5	223	300	274	800
124	5	173	6 50	224	325	275	40
125	200	174	20	225		276	38
126	50	175	4	227	11	277	80
127	75	176		228		278	300
128	250	177	28	226	110	279	38
128 bis	11	178	3100	229	405	280	61
129	350	179	11	230	350	281	61
130	50	180	305	231	300	282	»
131	120	181	1000	232	108	283	61
132	30	182	40	233	35	284	106
133	21	183	260	234	92	285	62
134	11	184	95	235	50	286	128
135	2	185	11	236	495	287	30
136	130	186	300	237	1000	288	50
137	150	187	200	238	190	289	
138	29	188	20	239	335	290	30
139	20	189	78	240	515	291	900
140	41	190	175	241	500	292	200
141	17	191	75	242	125	293	2020
142	5 50	192	510	243	31	294	52
143	23	193	215	244	395	295	120
144	15	194	30	245	3	296	51
145	8 50	195	2420	246	275	297	61
146	10	196	250	247	81	298	31
147	5 50	197	120	248	600	299	15
148	65	198	210	249	42	300	25
149	15	199	800	250	54	301	80
150	40	200	150	251	95	302	44
151	8	201	72	252	500	303	31
152	7 50	202	180	253	40	304	40
153	18	203	82	254	42	305	40
154	14	204	100	255	305	306	61
155	4 50	205	110	256	190	307	26
156	8	206	150	257	20	308	15
157	19	207	300	258	150	309	51
158	3 50	208	600	259	225	310	31
159	5	209	40	260	90	311	20
160	28	210	200	261	101	312	30
161	40	211	120	262	80	313	14
162	5 50	212	80	263	560	314	26
163	86	213	87	264	31	315	9
164	8 50	214	35	265	300	316	51
165	95	215	30	266	920	317	196
166	400	216	45	267	75	318	42
167	40	217	510	268	295	319	50
168	10	218	30	269	38	320	16
169	21	219	95	270	82	321	31
		220	1700	271	810	322	140

Numéros.	Prix.
323	6
324	70
325	24
326	11
327, 328	40
329	24
330	145
331	102
332	150
333	70
334	100
335	200
336	50
337	3000
338	151
339	40
340	6
341	4050
342	180
343, 345, 347, 349	200
344	180
346	185
348	180
350	205
351	15
352	6
353	21
354	14
355	375
356	40
357	80
358	315
359	500
360	155
361	53
362	40
363	4
364	»
365	11
366	130
367	61
368	6
369	7
370	3
371	27
372	11
373	12

Numéros.	Prix.
374	20
375, 376	11
377	10
378	5
379	15
380, 381	11
382, 383, 384, 385	23
386	170
387	100
388	15
389	61
390	4
391	30
392	61
393	18
394	105
395	28
396	41
397, 398	12
399, 400, 401	21
402, 403, 404	11
405, 406, 407	26
408, 409, 410	2 50
411	9
412	205
413, 414	32
415	12
416	3 50
417	6
418	16
419, 420	12
421	3
422	10 50
423	30
424	30

Numéros.	Prix.
425	10
426	4
427, 428	17
429, 430	15
431	9
432	41
433	130
434	35
435	300
436	375
437	25
438	25
439	150
440	22
441	440
442	450
443	430
444	100
445	310
446	185
447	6
448	8
449	22
450, 451	20
452	5
453, 454	5
455, 456	8
457, 458	10
459	80
460	61
461	7
462	155
463	19
464	950
465	500
466	820
467	1800
468	175
469	1700
470	490
471	180
472	625
473	330
474	300
475	530

Numéros.	Prix.
476	520
477	520
478	300
479	150
480	225
481	40
482	75
483	75
484	240
485	260
486	110
487	205
488	255
489	1950
490	710
491	410
492	310
493	255
494	160
495	320
496	2000
497	25
498	41
499	11
500	5
501, 502	25
503	25
504	15
505	10
506	10
507	35
508	195
509	1100
510	330
511	480
512	101
513	255
514	350
515	200
516	150
517	100
518	215
519	70
520	110
521	930
522	205
523	205
524	380
525	310
526	705

Numéros.	Prix.	Numéros.	Prix.	Numéros.	Prix.	Numéros.	Prix.
527	985	578	455	629	28	680	31
528	50	579	1605	630	16	681	42
529	1055	580	12	631	720	682	
530	100	581	20	632	160	683	155
531	850	582	55	633	41	684	175
532	355	583	345	634	25	685	20
533	220	584	50	635	40	686	
534	250	585	10	636	105	687	36
535	620	586	2	637	42	688	100
536	60	587	40	638	92	689	690
537	600	588	30	639	42	690	450
538	60	589	35	640	58	691	700
539	100	590	25	641	3	692	40
540	650	591		642	18	693	220
541	60	592	19	643	200	694	810
542	40	593	43	644	5	695	2400
543	60	594	65	645	38	696	600
544	150	595	6 50	646	52	697	250
545	220	596	60	647	210	698	40
546	350	597	100	648	2	699	21
547	80	598	41	649	21	700	45
548	220	599	325	650	48	701	15
549	615	600	2050	651		702	1720
550	205	601	56	652	50	703	31
551	200	602	195	653	50	704	30
552	100	603	7	654	21	705	30
553	755	604	205	655	10	706	26
554	295	605	80	656	31	707	69
555	450	606	20	657		708	56
556	260	607	18	658	22	709	31
557	500	608	7	659	75	710	49
558	215	609		660	31	711	59
559	130	610	5 50	661	60	712	46
560	210	611	95	662	52	713	350
561	255	612	40	663	24	714	32
562	400	613	30	664	3	715	80
563	215	614	2	665	78	716	105
564	1210	615	3	666	90	717	760
565	250	616	45	667	85	718	45
566	16	617	95	668	30	719	480
567	135	618	40	669	15	720	62
568	155	619	14	670	28	721	600
569	50	620	25	671	6	722	62
570	44	621	295	672	6	723	65
571	1200	622	75	673	39	724	11
572	25	623	15	674		725	225
573	10	624	39	675	4	726	35
574	210	625	32	676		727	200
575	100	626	26	677	280	728	62
576	30	627	11	678	155	729	95
577	355	628	200	679	6	730	225

Numéros.	Prix.	Numéros.	Prix.	Numéros.	Prix.	Numéros.	Prix.
731	60	782	90	833	50	884	15
732	50	783	5	834	55	885	28
733	51	784	44	835	30	886	15
734	205	785	41	836	17	887	480
735	5730	786	62	837	420	888	130
736	900	787	40	838	205	889	285
737	1000	788	250	839	80	890	17
738	110	789	42	840	250	891	150
739	600	790	90	841	27	892	31
740	120	791	605	842	25	893	31
741	131	792	145	843	100	894	20
742	53	793	40	844	1750	895	295
743	65	794	20	845	300	896	40
744	65	795	40	846	105	897	950
745	45	796	100	847	20	898	25
746	20	797	20	848	34	899	80
747	45	798	5	849	95	900	80
748	22	799	430	850	41	901	80
749	52	800	45	851	14	902	80
750	250	801	399	852	48	903	51
751	105	802	131	853	61	904	20
752	95	803	44	854	50	905	11
753	800	804	75	855	495	906	80
754	260	805	51	856	62	907	16
755	180	806	52	857	33	908	31
756	165	807	20	858	60	909	18
757	60	808	451	859	5	910	100
758	42	809	50	860	530	911	50
759	28	810	30	861	2100	912	105
760	700	811	10	862	700	913	21
761	44	812	40	863	6	914	31
762	51	813	170	864	2480	915	26
763	100	814	8550	865	390	916	140
764	40	815	480	866	2820	917	2050
765	760	816	180	867	60	918	615
766	29	817	41	868	23	919	265
767	81	818	120	869	710	920	205
768	150	819	2905	870	350	921	580
769	29	820	625	871	60	922	40
770	255	821	520	872	75	923	20
771	100	822	1100	873	55	924	13
772	22	823	7050	874	32	925	100
773	495	824	455	875	96	926	100
774	30	825	195	876	96	927	17
775	30	826	140	877	55	928	135
776	4	827	170	878	20	929	50
777	85	828	600	879	30	930	17
778	62	829	800	880	36	931	100
779	205	830	900	881	1960	932	800
780	35	831	40	882	810	933	105
781	149	832	500	883	100	934	29

Numéros.	Prix.
935	55
936	60
937	820
938	210
939	21
940	150
941	3010
942	1900
943	720
944	125
945	95
946, 947	400
948	95
949	57
950, 951	25
952	17
953	870
954	76
955	270
956	50
957	125
958	280
959	980
960	96
961	6
962	500
963	280
964	950
965	700
966	550
967	2000
968	1720
969	2460
970	1000
971	610
972	220
973	160
974	980
975	105
976	500
977	25
978	350
979	730
980	180
981	1420
982	550
983	180
984	220
985	1980

Numéros.	Prix.
986	600
987	3
988	500
989	410
990	1100
991	400
992	610
993	550
994	3000
995	100
996	3700
997	2150
998	82
999	560
1000	22
1001	255
1002	30
1003	120
1004	25
1005	190
1006	23
1007	55
1008	310
1009	200
1010	120
1011	32
1012	106
1013	43
1014	240
1015	17
1016	1010
1017	68
1018	520
1019	265
1020	100
1021	175
1022	130
1023	18
1024	2900
1025	300
1026	1400
1027	150
1028	85
1029	3900
1030	400
1031	1000
1032	100
1033	1550
1034	710
1035	62
1036	900

Numéros.	Prix.
1037	6500
1038	305
1039	200
1040	220
1041	145
1042	650
1043	39
1044	1120
1045	17000
1046	710
1047	195
1048	150
1049	140
1050	23
1051	36
1052	36
1053	50
1054	20
1055	9
1056	8
1057	11
1058, 1059	30
1060	21
1061	17
1062, 1063	15
1064	120
1065	10
1066	140
1067	85
1068	200
1069	50
1070	35
1071	790
1072	85
1073	210
1074	95
1075	360
1076	12
1077	22
1078, 1079, 1080, 1081, 1082	100
1083, 1084	112
1085	3005
1086	4005
1087	1500

Numéros.	Prix.
1088	385
1089	390
1090	590
1091	95
1092	145
1093	346
1094	290
1095	58
1096	365
1097	115
1098	110
1099	23
1100	100
1101	11
1102	36
1103	115
1104	2650
1105	130
1106	5
1107	72
1108	120
1109	80
1110	235
1111	155
1112	375
1113	900
1114, 1115, 1116	30
1117	20
1118, 1119	35
1120	19
1121	100
1122	31
1123, 1124, 1125	40
1126	13
1127	225
1128	260
1129	131
1130, 1131	30
1132	12
1133, 1134	19
1135	»
1136	50
1137, 1138	51

Numéros.	Prix.	Numéros.	Prix.	Numéros.	Prix.	Numéros.	Prix.
1139	8	1190	120	1241	40	1292	21
1140		1191	50	1242	20	1293	75
1141	51	1192	255	1243	25	1294	120
1142		1193	145	1244	140	1295	42
1143		1194	41	1245	18	1296	250
1144	40	1195	237	1246	40	1297	44
1145		1196	120	1247	21	1298	20
1146	10	1197	3 50	1248	10	1299	102
1147	4	1198	20	1249	6	1300	10
1148		1199	61	1250	17	1301	7
1149	21	1200	16	1251	18	1302	
1150	10	1201	32	1252	60	1303	15
1151	52	1202	16	1253	4	1304	31
1152		1203	60	1254	49	1305	16
1153	30	1204	120	1255	24	1306	39
1154		1205	·21	1256	12	1307	21
1155	8	1206	18	1257	55	1308	76
1156		1207	34	1258	20	1309	32
1157	48	1208	58	1259	46	1310	20
1158	50	1209	21	1260	20	1311	60
1159	80	1210	10 50	1261		1312	26
1160	136	1211	52	1262	14	1313	68
1161	120	1212	53	1263		1314	18
1162	38	1213	10 50	1264	60	1315	16
1163	50	1214	41	1265	17	1316	30
1164	375	1215	39	1266	21	1317	49
1165	265	1216	62	1267	20	1318	23
1166	80	1217	25	1268	21	1319	40
1167	101	1218	35	1269	59	1320	72
1168	55	1219	18	1270	14	1321	35
1169	111	1220	42	1271	5	1322	
1170	130	1221	12	1272	28	1323	100
1171	59	1222	9	1273	12	1324	20
1172	20	1223	25	1274	100	1325	180
1173	5 50	1224	25	1275	20	1326	195
1174	30	1225	13	1276	21	1327	80
1175	20	1226	17	1277	67	1328	45
1176	14	1227	46	1278		1329	58
1177	75	1228	3	1279	75	1330	5
1178	50	1229	50	1280	10	1331	81
1179	225	1230	17	1281	17	1332	66
1180	33	1231	20	1282	12	1333	82
1181	31	1232	60	1283	40	1334	1000
1182	71	1233	9	1284	25	1335	39
1183	49	1234	65	1285	16	1336	100
1184	95	1235	12	1286	13	1337	295
1185	95	1236	14	1287	14	1338	19
1186	40	1237	105	1288	62	1339	24
1187	155	1238		1289	15	1340	12
1188	28	1239	70	1290	25	1341	145
1189	35	1240	17	1291	49	1342	71

Numéros.	Prix.	Numéros.	Prix.	Numéros.	Prix.	Numéros.	Prix.
1343	10	1394	19	1445	41	1496	22
1344	39	1395	20	1446	8	1497 1498	64
1345	»	1396	7	1447	25	1499	60
1346	100	1397	105	1448	11	1500	25
1347	80	1398	75	1449	17	1501	71
1348	100	1399	10	1450	23	1502	88
1349	331	1400	38	1451	16	1503	31
1350	80	1401	50	1452	23	1504	35
1351	240	1402	7	1453	38	1505	29
1352	29	1403	32	1454	15	1506	58
1353	»	1404	141	1455	33	1507	60
1354	305	1405	14	1456	36	1508	63
1355 1356 1357	30	1406	14	1457	14	1509	11
1358	50	1407	60	1458	50	1510	46
1359	40	1408	30	1459	60	1511 1512	11
1360	40	1409	20	1460	100	1513 1514	29
1361	21	1410	115	1461	26	1515	11 50
1362 1363	7 50	1411	86	1462	105	1516	156
1364	27	1412	21	1463	113	1517	20
1365	57	1413 1414	9	1464	16	1518	95
1366	79	1415	14	1465	33	1519 1520	15
1367	22	1416	50	1466	65	1521	55
1368	179	1417	17	1467	12	1522	20
1369	8	1418	30	1468	32	1523 1524	10
1370	80	1419	25	1469	14	1525	30
1371	26	1420	32	1470	32	1526	3
1372	100	1421	12	1471	8	1527	11
1373	225	1422	53	1472 1473	12	1528	6
1374	65	1423	32	1474	13	1529	36
1375	50	1424	253	1475	7	1530	6
1376	180	1425	32	1476	31	1531	3
1377	78	1426	40	1477	10	1532	17
1378	70	1427	11	1478	14	1533	16
1379	34	1428	50	1479	14	1534	12
1380	16	1429 1430	27	1480	71	1535	13
1381	10	1431	25	1481	21	1536	35
1382	166	1432	25	1482 1483 1484	95	1537	22
1383	50	1433	15	1485	80	1538	5
1384	32	1434	50	1486	76	1539	40
1385	40	1435	60	1487	52	1540	25
1386	55	1436	20	1488	70	1541 1542	26
1387	25	1437	15	1489	6 50	1543	32
1388	210	1438	19	1490	78	1544	72
1389	31	1439	11	1491	14	1545	21
1390	18	1440	31	1492 1493	50	1546	28
1391	19	1441	15	1494 1495	20		
1392	51	1442	11				
1393	49	1443	11				
		1444	16				

Numéros.	Prix.	Numéros.	Prix.	Numeros.	Prix.	Numéros.	Prix.
1547	17	1598	14	1649	19	1698 1699 1700 1701	40
1548	21	1599	2	1650	30	1702	80
1549	70	1600	41	1651	38	1703	230
1550	29	1601	4	1652	41	1704	60
1551	2 50	1602	36	1653	25	1705	160
1552	44	1603	19	1654	38	1706	50
1553	7	1604	9	1655	121	1707	100
1554 1555	26	1605	13	1656	25	1708	80
1556	20	1606	35	1657	32	1709 1710	12
1557	100	1607	4 50	1658	21	1711	26
1558	195	1608	140	1659	140	1712	22
1559	36	1609	32	1660	51	1713	52
1560	721	1610	16	1661	17	1714	70
1561	286	1611	11	1662	30	1715	21
1562	46	1612	17	1663	21	1716	205
1563	175	1613 1614	39	1664	19	1717	160
1564	22	1615	60	1665	19	1718	250
1565	3	1616 1617	58	1666	19	1719	500
1566	14	1618	31	1667	25	1720	5
1567 1568	22	1619	14	1668	72	1721	470
1569	15	1620	31	1669	64	1722	170
1570	34	1621	23	1670	58	1723	50
1571 1572	16	1622	3	1671	36	1724	710
1573	36	1623 1624	20	1672	24	1725	185
1574 1575 1576	24	1625	41	1673	30	1726	395
1577	7 50	1626	48	1674	49	1727	185
1578	24	1627	40	1675	26	1728	160
1579	61	1628	28	1676	34	1729	22
1580	32	1629	170	1677	101	1730	20
1581	8 50	1630	40	1678	10	1731	250
1582	76	1631	81	1679	36	1732	22
1583	41	1632	5 50	1680	35	1733	155
1584	4	1633	42	1681	26	1734	120
1585	46	1634	19	1682	21	1735	530
1586	21	1635	20	1683	36	1736	3
1587	14	1636	40	1684	22	1737	21
1588	28	1637	62	1685	16	1738	40
1589	16	1638	15	1686	50	1739	15
1590	75	1639	55	1687	10	1740	60
1591	16	1640	58	1688	20	1741	14
1592	48	1641	60	1689	8	1742	19
1593	37	1642	31	1690 1691 1692	50	1743	72
1594	21	1643	38	1693	40	1744	15
1595	7 50	1644	73	1694	30	1745	18
1596	20	1645	39	1695	16	1746	52
1597	29	1646	17	1696	16	1747	135
		1647	43	1697	72	1748	30
		1648	30				

Numéros	Prix	Numéros	Prix	Numéros	Prix	Numéros	Prix
1749	59	1800	150	1851	16	1900	35
1750	60	1801	600	1852	19	1901	31
1751	105	1802	920	1853	12	1902	40
1752	50	1803	820	1854	8	1903 }	10
1753	68	1804	160	1855	8	1904 }	
1754	50	1805	150	1856	15	1905	45
1755	30	1806	300	1857	210	1906	105
1756	355	1807	600	1858	6	1907	12
1757	170	1808	300	1859	60	1908	2
1758	45	1809	125	1860	3	1909	3 50
1759	2	1810	150	1861	170	1910	10
1760	45	1811	605	1862	25	1910 bis	2 50
1761	75	1812	155	1863	65	1911	35
1762	50	1813	300	1864	16	1912	21
1763	100	1814	35	1865	100	1913	3 50
1764	1	1815	150	1866	21	1914	2 50
1765	300	1816	50	1867	72	1915	60
1766	4	1817	400	1868	22	1916	40
1767	30	1818	100	1869	11	1917	22
1768	30	1819	325	1870	90	1918	230
1769	160	1820	10	1871	20	1919	5
1770	155	1821	355	1872	2	1920	200
1771	300	1822	52	1873	20	1921	5
1772	21	1823	62	1873 bis	»	1922	195
1773	34	1824 }	46	1874	21	1923	65
1774	490	1825 }		1875	2 50	1924	9
1775	1900	1826	6	1876	70	1925	45
1776	280	1827	100	1877	24	1926	6
1777	300	1828	30	1878	20	1927	1025
1778	400	1829	61	1879	260	1928	21
1779	300	1830	40	1880	5	1929	40
1780	500	1831	410	1881	35	1930	450
1781	100	1832	15	1882	1	1931 .	6
1782	50	1833	10	1883	50	1932	35
1783	180	1834	4	1884 }	13	1933 }	13 50
1784	370	1835	170	1885 }		1934 }	
1785	180	1836	20	1886 }		1935 }	
1786	160	1837	31	1887	145	1936 }	
1787	500	1838	24	1888 }	10	1937 }	19
1788	80	1839	20	1889 }		1938 }	
1789	1000	1840	15	1890 }		1939 }	
1790	200	1841	51	1891	440	1940 }	
1791	80	1842	21	1892	1030	1941 }	6
1792	390	1843	55	1892 bis	50	1942 }	
1793	1250	1844	6	1893	5	1943 }	
1794	100	1845	100	1894	14	1944	68
1795	185	1846	13	1895	32	1945	26
1796	630	1847	14	1896	10	1946	185
1797	800	1848	20	1897	19	1947	14
1798	300	1849	10	1898	35	1948	30
1799	100	1850	15	1899	52	1949	40

Numéros.	Prix.
1950	26
1951	25
1952	34
1953	105
1954	16
1955	55
1956	100
1957	42
1958	35
1959	75
1960	31
1961	10
1962	15
1963	26
1964	26
1965	36
1966	12
1967	720
1968	26
1969	50
1970	25
1971	10
1972	25
1973	80
1974	60
1975	45
1976	62
1977	26
1978 } 1979 }	70
1980	61
1981 } 1982 }	8
1983	6
1984	2
1985	40
1986	38
1987	40
1988	41
1989	12
1990	105
1991	145
1992	2
1993	8
1994	3 50
1995	21
1996	21
1997	10
1998 } 1999 }	11
2000	27

Numéros.	Prix.
2001	18
2002	32
2002 *bis*	4
2003	10
2004 } 2005 }	5
2006	5
2007	42
2008	51
2009	13
2010	610
2011	1480
2012	250
2013	780
2014	245
2015	5 50
2016	2
2017 } 2018 }	1 50
2019	45
2020	45
2021 } 2022 } 2023 } 2024 } 2025 } 2026 } 2027 } 2028 } 2029 } 2030 } 2031 } 2032 } 2033 } 2034 }	50
2035	125
2036	65
2037	95
2038	95
2039	110
2040	10
2041	25
2042 } 2043 }	28
2044	10
2045	45
2046	61
2047 } 2048 }	20
2049 } 2050 }	25

Numéros.	Prix.
2051	140
2052	23
2053	45
2054	10
2055	430
2056	31
2057	55
2058	41
2059	31
2060	20
2061	20
2062	48
2063	29
2064 } 2065 }	41
2066	145
2067	35
2068	135
2069 } 2070 }	15
2071	12
2072	10
2073	30
2074	200
2075	50
2076	200
2077	35
2078	79
2079	18
2080	11
2081	120
2082	105
2083	100
2084	100
2085	30
2086	125
2087	120
2088	55
2089 } 2090 } 2091 } 2092 }	400
2093 } 2094 } 2095 } 2096 } 2097 } 2098 }	690
2099	16
2100 } 2101 }	195

Numéros.	Prix.
2102	22
2103	90
2104	45
2105	30
2106	28
2107 } 2108 }	21
2109	30
2110	30
2111 } 2112 }	41
2113	5
2114	20
2115	78
2116	15
2117 } 2118 }	21
2119 } 2120 }	38
2121 } 2122 }	6
2123	155
2124	6
2125 } 2126 } 2127 } 2128 }	86
2129	20
2130	25
2131	2
2132	72
2133	5
2134	5
2135	6
2136	19
2137	5
2138	3 50
2139	30
2140	36
2141	31
2142	21
2143	32
2144	19
2145	7
2146 } 2147 } 2148 }	260
2149 } 2150 }	10
2151 } 2152 }	48

Numéros.	Prix.
2153	6
2154	6
2155	12
2156	21
2157	
2158	39
2159	5
2160	
2161	11
2162	5
2163	3 50
2164	46
2165	12
2166	41
2167	19
2168	14
2169	25
2170	45
2171	26
2172	3
2173	6
2174	
2175	20
2176	
2177	
2178	16
2179	
2180	
2181	7
2182	
2183	15
2184	1
2185	
2186	22
2187	
2188	
2189	2
2190	7
2191	
2192	41
2193	
2194	
2195	6
2196	
2197	11
2198	7
2199	14
2200	2
2201	
2202	5
2203	

Numéros.	Prix.
2204	6
2205	
2206	
2207	35
2208	
2209	2 50
2210	21
2211	
2212	3 50
2213	
2214	11
2215	
2216	11
2217	
2218	32
2219	
2220	31
2221	31
2222	2 50
2223	15
2224	12
2225	2 50
2226	
2227	220
2228	25
2229	58
2230	
2231	
2232	21
2233	
2234	30
2235	
2236	30
2237	
2238	20
2239	
2240	9
2241	
2242	
2243	13
2244	1780
2245	2
2246	135
2247	4
2248	
2249	
2250	12
2251	
2252	5

Numéros.	Prix.
2253	13
2254	
2255	
2256	31
2257	
2258	19
2259	
2260	28
2261	21
2262	
2263	20
2264	
2265	11
2266	16
2267	26
2268	5
2269	
2270	11
2271	2
2272	
2273	13
2274	
2275	3 50
2276	
2277	7
2278	25
2279	
2280	11
2281	
2282	
2283	50
2284	
2285	
2286	24
2287	
2288	62
2289	
2290	155
2291	170
2292	41
2293	52
2294	380
2295	11
2296	261
2297	20
2298	100
2299	200
2299 bis	80
2300	45
2301	20
2302	75

Numéros.	Prix.
2303	4
2304	246
2305	230
2306	99
2307	45
2308	140
2309	105
2310	135
2311	75
2312	435
2313	32
2314	22
2315	18
2316	38
2317	23
2318	18
2319	10
2320	89
2321	16
2322	30
2323	230
2324	150
2325	200
2326	20
2327	40
2328	76
2329	1650
2330	10
2331	25
2332	
2333	4
2334	96
2335	30
2336	13
2337	15
2338	
2339	45
2340	9
2341	36
2342	19
2343	81
2344	40
2345	
2346	10
2347	
2348	30
2349	48
2350	30
2351	
2352	20
2353	5

Numéros.	Prix.	Numéros.	Prix.	Numéros.	Prix.	Numéros.	Prix.
2354	10	2404	30	2455	6	2504	31
2355	10	2405	38	2456	17	2505	8
2356	55	2406	20	2457	50	2506	90
2357	10	2407	15	2458	9	2507	90
2358	31	2408	15	2459	10	2508	22
2359	20	2409	15	2460	23	2509	
2360	5	2410	40	2461	5	2510	14
2361	110	2411	25	2462	200	2511	116
2362	9	2412	95	2463	10	2512	13
2363	36	2413	380	2464		2513	44
2364	32	2414	15	2465	15	2514	11
2365	6	2415	16	2466	10 50	2515	30
2366		2416	30	2467	10	2516	29
2367	21	2417	3 50	2467 bis	5 50	2517	11
2368	2	2418	7	2468	22	2518	18
2369	20	2419	5	2469	205	2519	30
2370	5 50	2420	6 50	2470	10	2520	14
2371	20	2421		2471		2521	3 50
2372	105	2422	4	2472	4 50	2522	8
2373	60	2423	14	2473	10	2523	10
2374	11	2424		2474	75	2524	20
2375	150	2425	11	2475	30	2525	31
2376	1	2426		2476	10	2526	70
2377	42	2427	10	2477	49	2527	35
2378	20	2428	9	2478	4	2528	»
2378 bis		2429	165	2479	2	2529	20
2379	20	2430	50	2480	71	2530	36
2380	62	2431	10	2481	25	2531	35
2381	62	2432	3	2482	26	2532	30
2382	30	2433	4	2483	15	2533	9
2383	15	2434	14	2484	3	2534	150
2384		2435	10	2485	16	2535	38
2385	11	2436	5	2486	26	2536	19
2386	60	2437	5	2487	31	2537	37
2387	130	2438	17	2488	10	2538	35
2388	13	2439	11	2489	110	2539	140
2389	400	2440	30	2489 bis	56	2540	35
2390	29	2441	9	2490	10	2541	36
2391	16	2442	15	2491	75	2542	75
2392	60	2443	10	2492	11	2543	4 50
2393	36	2444	10	2493	7	2544	60
2394	23	2445	19	2494	180	2545	11
2395	25	2446	23	2495	25	2546	2 50
2396	7	2447	6	2496	60	2547	190
2397	26	2448	3	2497	280	2548	11
2398	16	2449	8 50	2498	1550	2549	30
2399	31	2450	2 50	2499	80	2550	15
2400	16	2451	31	2500	7	2551	6 50
2401	25	2452	175	2501	50	2552	10
2402	20	2453	140	2502	71	2553	14
2403	27	2454	40	2503	250	2554	29

Numéros.	Prix.	Numéros.	Prix.	Numéros.	Prix.	Numéros.	Prix.
2555	30	2606	9	2657	31	2708	12
2556	20	2607	660	2658	22	2709	10
2557	83	2608	58	2659	14	2710	110
2558	52	2609	900	2660	20	2711	16
2559	25	2610	6	2661	25	2712	41
2560	41	2611	5	2662	4	2713	21
2561	25	2612	31	2663 }	10	2714 }	11
2562	10	2613 }	10	2664 }		2715 }	
2563	10	2614 }		2665	36	2716	20
2564	400	2615 }	11	2666	26	2717	4
2565	140	2616 }		2667 }	26	2718 }	11
2566	205	2617	2	2668 }		2719 }	
2567	11	2618	27	2669	»	2720	1 50
2568	35	2619	38	2670	30	2721	400
2569	2	2620	135	2671	78	2722 }	25
2570	5	2621	»	2672	7	2723 }	
2571	10	2622 }	10	2673	6	2724	26
2572	20	2623 }		2674 }	36	2725	7
2573	71	2624	2	2675 }		2726	30
2574	900	2625	805	2676	11	2727	16
2575	15	2626	40	2677	195	2728	24
2576	20	2627	20	2678	7	2729	13
2577	27	2628	205	2679	85	2730	240
2578	115	2629	22	2680	30	2731	3
2579	76	2630	18	2681	44	2732 }	15
2580	5 50	2631	105	2682	11	2733 }	
2581	3	2632 }	21	2683	24	2734	21
2582	35	2633 }		2684	4	2735	3
2583 }	23	2634	37	2685	10	2736	430
2584 }		2635	5	2686	11	2737	4 50
2585	165	2636	2 50	2687	26	2738 }	6
2586	30	2637	20	2688	36	2739 }	
2587 }	30	2638	600	2689	10	2740	5
2588 }		2639	30	2690	5	2741	100
2589	2 50	2640	1000	2691	75	2742	1
2590	16	2641	100	2692	50	2743	195
2591	3	2642	13	2693	3	2744	25
2592	14	2643	500	2694	21	2745	10
2593	35	2644	100	2695	5	2746	10
2594	30	2645	10	2696	46	2747	41
2595	31	2646	5	2697	2 50	2748	10
2596	190	2647	20	2698	4 50	2749	105
2597	31	2648	2	2699	19	2750	12
2598	25	2649	100	2700	11	2751	2
2599	7	2650	18	2701	10	2752	70
2600	11	2651	15	2702 }	26	2753	17
2601	30	2652 }	8	2703 }		2754	13
2602	21	2653 }		2704	5	2755	3 50
2603	29	2654	28	2705	200	2756	105
2604	27	2655 }	10	2706	21	2757	19
2605	30	2656 }		2707	19	2758	7

Numéros.	Prix.	Numéros.	Prix.	Numéros.	Prix.	Numéros.	Prix.
2759	25	2810	9 50	2861	20	2912	20
2760	5 50	2811		2862	125	2913	20
2761	13	2812	22	2863	35	2914	220
2762	25	2813	40	2864	160	2915	14
2763	6	2814		2865	5	2916	160
2764	13	2815	12	2866	480	2917	13
2765	30	2816	160	2867	100	2918	14
2766	10	2817	5	2868	30	2919	105
2767	5	2818	30	2869	230	2920	15
2768	6	2819	4	2870	195	2921	110
2769	10	2820	6	2871	50	2922	40
2770	2	2821	20	2872	75	2923	75
2771	55	2822	11	2873	3 50	2924	4 50
2772	175	2823	22	2874	105	2925	15
2773	6	2824	14	2875	75	2926	30
2774		2825	25	2876	7 50	2927	40
2775	200	2826	40	2877	75	2928	15
2776	25	2827	25	2878	11	2929	85
2777	4 50	2828	26	2879	160	2930	18
2778	6	2829	4 50	2880	28	2931	15
2779	3	2830	11	2881	25	2932	12
2780		2831	6	2882	360	2933	20
2781	1 50	2832	25	2883	100	2934	40
2782	2	2833	14	2884	1000	2935	28
2783		2834	27	2885	65	2936	13
2784	85	2835	7	2886	19	2937	65
2785	22	2836	20	2887	180	2938	85
2786	16	2837	26	2888	14	2939	6
2787	8	2838	23	2889	15	2940	6
2788	5	2839	8 50	2890	160	2941	4
2789	50	2840	17	2891	80	2942	5
2790	2	2841	185	2892	5	2943	10
2791	1	2842	22	2893	8	2944	5
2792	30	2843	5	2894	7	2945	100
2793		2844	60	2895	770	2946	11
2794	95	2845	49	2896	80	2947	7
2795	72	2846	6	2897	7	2948	60
2796	45	2847	68	2898	160	2949	10
2797	16	2848	33	2899	38	2950	60
2798	6	2849	9	2900	7	2951	11
2799	65	2850	25	2901	8	2952	10
2800	19	2851	34	2902	60	2953	120
2801	29	2852	15	2903	16	2954	10
2802	300	2853	5	2904	5	2955	50
2803	90	2854	23	2905	28	2956	15
2804	61	2855	70	2906	10	2957	14
2805	17	2856	15	2907	24	2958	190
2806	51	2857	500	2908	55	2959	19
2807	12	2858	35	2909	65	2960	10
2808	5	2859	9	2910	20	2961	15
2809	20	2860	85	2911	22	2962	11

Numéros.	Prix.	Numéros.	Prix.	Numéros.	Prix.	Numéros.	Prix.
2963	42	3014	3	3064		3115	3 50
2964	20	3015	10	3065	5	3116	10
2965	72	3016	20	3066	180	3117	»
2966	19	3017	6 50	3067	3	3118	6
2967	15	3018	5	3068	4	3119	
2968	200	3019	8	3069	26	3120	5
2969	21	3020	6	3070	9	3121	2 50
2970	6	3021	52	3071	4	3122	
2971	60	3022	25	3072	12	3123	5
2972	18	3023	15	3073	5	3124	3
2973	20	3024	8	3074	16	3125	2 50
2974	20	3025	3	3075	2 50	3126	3
2975	28	3026	5	3076	2 50	3127	
2976	80	3027	2 50	3077		3128	5
2977	60	3028	20	3078	3	3129	23
2978	120	3029	18	3079		3130	4 50
2979	4	3030	10	3080	11	3131	
2980	30	3031	20	3081		3132	7
2981	19	3032		3082	15	3133	3
2982	21	3033	14	3083		3134	53
2983	5 50	3034		3084	3 50	3135	11
2984	32	3035	3	3085		3136	
2985	11 50	3036	200	3086	6	3137	3
2986	42	3037	20	3087		3138	17
2987	10	3038	6	3088	2	3139	2
2988	130	3039	4	3089	20	3140	
2989	6	3040		3090	18	3141	30
2990	20	3041	10	3091	7 50	3142	8
2991	65	3042	5	3092	8	3143	25
2992	8	3043	56	3093	16	3144	6 50
2993	36	3044	15	3094	25	3145	26
2994	5 50	3045	45	3095	10	3146	
2995	14	3046	20	3096	28	3147	33
2996	3	3047		3097	53	3148	170
2997	20	3048	28	3098	40	3149	3
2998	115	3049	10	3099	19	3150	24
2999	100	3050	16	3100	4	3151	38
3000	75	3051	20	3101	7	3152	20
3001	11	3052	18	3102	17	3152 bis	4 50
3002	100	3053	7 50	3103		3153	6 50
3003	14	3054	20	3104	18	3154	9
3004	45	3055	2	3105		3155	
3005	6	3056	6	3106	6	3156	7 50
3006	200	3057	20	3107		3157	10
3007	24	3058	11	3108	8	3158	9 50
3008	75	3059	20	3109	2	3159	6
3009	85	3060	3 50	3110		3160	5
3010	100	3061	4 50	3111	7	3161	7
3011	65	3062	85	3112	12	3162	15
3012	100	3063	85	3113		3163	4
3013	4			3114	30	3164	5

Numéros.	Prix.
3165	21
3166	4 50
3167	20
3168	12
3169	13
3170	15
3171	4 50
3172	4 50
3173	4
3174	5
3175	11
3176	100
3177	13
3178	10
3179	4
3180 / 3181	31
3182	15
3183	2 50
3184 / 3185	6
3186	20
3187	10
3188	3 50
3189	6
3190	8 50
3191	4 50
3192	35
3193	30
3194	8
3195	59
3196	18
3197	10
3198 / 3199	19
3200	5
3201	116
3202	12
3203	18
3204	2 50
3205	8
3206	4
3207	18
3208	12
3209	95
3210	24
3211	10
3212	10
3213	9
3214	15
3215	305

Numéros.	Prix.
3216	145
3217	5
3218	8
3219	20
3220	12
3221	10
3222	20
3223	60
3224	5
3225	10
3226	6
3227	440
3228	121
3229	60
3230	465
3231	500
3232	325
3233	22
3234	6
3235	8
3236	4 50
3237	16
3238	45
3239	9
3240	7 50
3241	18
3242	18
3243	4
3244	6
3245	4 50
3246	8 50
3247	8
3248	14
3249 / 3250 / 3251 / 3252	11
3253	3 50
3254 / 3255	10
3256	5
3257	10
3258 / 3259	17
3260	15
3261	20
3262	8
3263	3 50
3264 / 5265	10

Numéros.	Prix.
3266 / 3267	24
3268 / 3269	7 50
3270 / 3271	8
3272	39
3273	21
3274	3
3275	45
3276	16
3277	13
3278	19
3279	6
3280	7 50
3281	9
3282	11
3282 bis	3
3283	4
3284	5
3285	17
3286	2
3287	3
3288	12
3289 / 3290	22
3291 / 3292	21
3293	7
3294	22
3295	2 50
3296	38
3297	16
3298	340
3299	75
3300	5 50
3301	7 50
3302	6
3303	300
3304	9
3305	16
3306 / 3307	5 50
3308	84
3309	9 50
3310	19
3311	6
3312	15
3313	17
3314	6
3315	210

Numéros.	Prix.
3316	16
3317	6 50
3318	12
3319 / 3320	7 50
3321	10
3322	1 50
3323	5
3324	30
3325	5 50
3326	30
3327 / 3328	15
3329 / 3330	15
3331	7
3332	10
3333	6 50
3334	9
3335	6
3336	20
3337	6
3338	5
3339	8 50
3340	5
3341	5 50
3342	79
3343	18
3344	3
3345	20
3346	3
3347	1 50
3348	28
3349 / 3350	10
3351	150
3352	28
3353	22
3354	13
3355	21
3356	19
3357	57
3358	19
3359	24
3360	20
3361	6
3362	7
3363 / 3364	20
3365	85
3366	27

Numéros.	Prix.
3367	10
3368	55
3369	380
3370	150
3371	64
3372	51
3373	4 50
3374	21
3375	100
3376	72
3377	19
3378	43
3379	»
3380	20
3381	14
3382	50
3383	2
3384 } 3385	35
3386	15
3387	2
3388	51
3389	2
3390	235
3391	21
3392 } 3394	102
3393 } 3395	36
3396	22
3397	11
3398	21
3399	9
3400	30
3401	15
3402 } 3403	7
3404	15
3405	15
3406	100
3407	25
3408	30
3409	6
3410	15
3411	30
3412	5
3413	21
3414	150
3415	64
3416	10
3417	20

Numéros.	Prix.
3418	6
3419	8 50
3420	40
3421	150
3422	26
3423	10
3424	90
3425	8
3426	20
3427	10
3428	10
3429	60
3430	90
3431	102
3432	78
3433	18
3434	30
3435	8
3436	120
3437	45
3438	6
3439	50
3440	210
3441	12
3442	61
3443	66
3444	3
3445	2
3446	4
3447	7
3448	7
3449	1
3450	12
3451	10
3452	6
3453	9 50
3454	4 50
3455	7
3456	3
3457	15
3458 } 3459	6
3460	8
3461	5 50
3462	15
3463	805
3464	100
3465	20
3466	10
3467 } 3468	15

Numéros.	Prix.
3469	5
3470	25
3471	25
3472	9
3473	43
3474	3
3475	150
3476	150
3477	15
3478	2
3479	12
3480	350
3481	165
3482	13
3483	11
3484	11
3485	41
3486	200
3487	6
3488	30
3489	30
3490	1510
3491	78
3492 } 3493 } 3494 } 3495 } 3496	82
3497	9
3498	19
3499	70
3500	40
3501	7
3502	21
3503	24
3504	6
3505	6 50
3506	7
3507	20
3508 } 3509	7
3510	4 50
3511	11
3512	55
3513	4
3514 } 3515	21
3516	85
3517	10
3518	2
3519	25

Numéros.	Prix.
3520	15
3521	10
3522 } 3523 } 3524	6
3525	16
3526 } 3527	15
3528	20
3529	6 50
3530	2
3531	21
3532 } 3533	8 00
3534	22
3535	6
3536	12
3537	6
3538	40
3539	13
3540	3
3541	4
3542	30
3543	23
3544	2
3545	12
3546	60
3547	5
3548	6
3549 } 3550	5
3551	15
3552	10
3553	101
3554	75
3555	35
3556	101
3557	145
3558	205
3559	200
3560	330
3561	100
3562	23
3563	20
3564	1160
3565	25
3566	20
5567	25
3568	35
3569	100
3570	55

Numéros.	Prix.	Numéros.	Prix.	Numéros.	Prix.	Numéros.	Prix.
3571	52	3622	67	3672	18	3723	11
3572	26	3623	30	3673	15	3724	8
3573	21	3624	35	3674	46	3725	60
3574	300	3625	83	3675	31	3726	11
3575	20	3626	10	3676	4	3727	18
3576	30	3627	45	3677	3 50	3728	5
3577	30	3628	30	3678	20	3729	20
3578	61	3629	73	3679	2	3730	70
3579	25	3630	30	3680	2	3731	5
3580	20	3631	30	3681	4	3732	20
3581	220	3632	30	3682		3733	20
3582	95	3633	50	3683	150	3734	78
3583	95	3634	100	3684		3735	3 50
3584	20	3635	70	3685		3736	48
3585	35	3636	30	3686		3737	41
3586	16	3637	15	3687		3738	9
3587	100	3638	14	3688	800	3739	150
3588	400	3639	50	3689		3740	20
3589	120	3640	40	3690		3741	19
3590	400	3641	60	3691		3742	7
3591	45	3642	130	3692		3743	20
3592	510	3643	680	3693	20	3744	30
3593	15	3644	155	3694	5	3745	21
3594	250	3645	39	3695	3 50	3746	21
3595	65	3646	100	3696	60	3747	4
3596	10	3647	15	3697	49	3748	45
3597	3	3648	28	3698	10	3749	75
3598	31	3649	10	3699	21	3750	21
3599	51	3650	180	3700	21	3751	20
3600	65	3651	Vendu avec le n° 3644.	3701	61	3752	36
3601	46	3652	95	3702	51	3753	10
3602	46	3653	25	3703	51	3754	3
3603	5	3654	30	3704	3	3755	17
3604	21	3655	18	3705	30	3756	»
3605	51	3656	100	3706	81	3757	30
3606	46	3657	80	3707	2	3758	605
3607	50	3658	80	3708	51	3759	35
3608	78	3659	40	3709	80	3760	105
3609	21	3660	80	3710	10	3761	200
3610	35	3661	145	3711	100	3762	15
3611	61	3662	75	3712	20	3763	40
3612	60	3663	50	3713	5	3764	8
3613	61	3664	10	3714	600	3765	11
3614	35	3665	5	3715	20	3766	11
3615	20	3666	30	3716	80	3767	
3616	255	3667	2	3717	40	3768	70
3617	21	3668	75	3718	7	3769	70
3618	50	3669	85	3719	5	3770	
3619	15	3670	125	3720	12	3771	350
3620	15	3671	21	3721	50	3772	20
3621	105			3722	13	3773	16

Numéros.	Prix.	Numéros.	Prix.	Numéros.	Prix.	Numéros.	Prix.
3774	5	3825	2	3876	46	3927	28
3775	20	3826	16	3877	40	3928	2
3776	1 50	3827	9	3878	35	3929	5
3777	15	3828	7	3879	5 50	3930	11
3778	8	3829	40	3880	18	3931	52
3779	60	3830	2	3881	56	3932	16
3780	7	3831	20	3882	31	3933	30
3781	17	3832	5	3883	52	3934 } 3935	6 50
3782	9	3833	18	3884	12	3936	26
3783	2	3834	3 50	3885	17	3937	9
3784	2 50	3835	41	3886	20	3938	30
3785	7	3836	80	3887	15	3939	1
3786	15	3837	150	3888	6 50	3940	3 50
3787	3 50	3838	22	3889 } 3890	10	3941	25
3788	20	3839	8	3891 } 3892	28	3942	3
3789	38	3840	14	3893 } 3894	25	3943	8
3790	19	3841	330	3895	15	3944	16
3791	2	3842	10	3896	52	3945	4 50
3792	3	3843	4 50	3897 } 3898	30	3946	10
3793 } 3794	12	3844	28	3899	105	3947	5
3795	16	3845	19	3900	145	3948	40
3796	510	3846	24	3901	82	3949	6
3797	18	3847	4 50	3902	10	3950	10
3798	4	3848	75	3903	7 50	3951	2
3799	3	3849	45	3904	10	3952	10
3800	3 50	3850	10	3905	11	3953	14
3801	10	3851	101	3906	19	3954	3 50
3802	10	3852	100	3907 } 3908	4	3955	4
3803	4 50	3853	30	3909	6	3956	2 50
3804	27	3854	26	3910	7	3957	8
3805	6	3855	40	3911	115	3958	21
3806	55	3856	2	3912	48	3959	1
3807	8	3857	9	3913	12	3960	6
3808	5	3858	3 50	3914	3	3961	31
3809	13	3859	7	3915	10	3962	15
3810	3 50	3860	30	3916	22	3963	16
3811	20	3861	21	3917	195	3964	30
3812	5	3862 } 3863	10	3918	9	3965	6
3813	29	3864 } 3865	11	3919	9	3966	16
3814	18	3866	17	3920	10	3967	8 50
3815	20	3867	17	3921	10	3968	25
3816	4 50	3868 } 3869	14	3922	5 50	3969	10
3817	16	3870	10	3923	8	3970	18
3818	10	3871	8 50	3924	75	3971	28
3819	7	3872	5	3925	10	3972	5
3820	14	3873	30	3926	1540	3973	20
3821	20	3874	1			3974	3
3822	275	3875	49			3975	16
3823	11					3976	3
3824	4 50					3977	15

Numéros.	Prix.	Numéros.	Prix.	Numéros.	Prix.	Numéros.	Prix.
3978	11	4029	12	4080	25	4131	21
3979	3	4030	300	4081	15	4132	4
3980	15	4031	30	4082	7 50	4133	3
3981	10	4032	9	4083	250	4134 (	
3982	15	4033	275	4084	26	4135 (	14
3983	4 50	4034	18	4085	21	4136	4 50
3984	35	4035	25	4086	150	4137	5 50
3985	25	4036	30	4087	62	4138	21
3986	10	4037	30	4088	880	4139	150
3987	46	4038	27	4089	72	4140	17
3988	3 50	4039	20	4090	55	4141	45
3989	13	4040	42	4091	35	4142	51
3990	19	4041	13	4092	40	4143	29
3991	5 50	4042	11	4093	25	4144	11
3992	6	4043	10	4094	7	4145	9
3993	3 50	4044	590	4095	65	4146	20
3994	26	4045	145	4096	8	4147	45
3995	21	4046	315	4097	155	4148	12
3996	10	4047	40	4098	10	4149	15
3997	25	4048	20	4099	12 50	4150	21
3998	15	4049	4 50	4100	10	4151	»
3999	5 50	4050	3 50	4101	46	4152	20
4000	15	4051	4	4102	50	4153	11
4001	31	4052	3	4103	40	4154	60
4002	6	4053	150	4104	18	4155	40
4003	5	4054	105	4105	30	4156	7
4004	6	4055	310	4106	15	4157	9
4005	25	4056	250	4107	21	4158	40
4006	20	4057 (		4108	20	4159	26
4007	20	4058 (	27	4109	135	4160	15
4008	4 50	4059	27	4110	6	4161	4 50
4009	15	4060	1 50	4111	100	4162	45
4010	14	4061	8 50	4112	6	4163 (	
4011	4 50	4062	10	4113	155	4164 (	8
4012	19	4063	95	4114	50	4165	31
4013	5	4064	13	4115	155	4166	35
4014	16	4065	9	4116	120	4167	28
4015	8 50	4066	2	4117	12	4168	30
4016	40	4067	26	4118	100	4169	10
4017	9	4068	16	4119	15	4170	3
4018	55	4069	»	4120	16	4171	210
4019	10	4070	26	4121	60	4172	72
4020	8	4071	40	4122	5	4173	280
4021	105	4072	8	4123	15	4174	»
4022	49	4073	695	4124	5	4175	20
4023	40	4074	18	4125	28	4176	50
4024	20	4075	60	4126	21	4177	11
4025	91	4076	16	4127	255	4178	400
4026	35	4077	2 50	4128	35	4179	21
4027	12	4078	3 50	4129	5 50	4180	1000
4028	30	4079	95	4130	80	4181	79

Numéros.	Prix.	Numéros.	Prix.	Numéros.	Prix.	Numéros.	Prix.
4182	12	4233	79	4284	13	4335	5
4183	10	4234	3	4285	1020	4336	50
4184	60	4235	6	4286	61	4337 4338	38
4185	110	4236	8	4287	100		
4186	38	4237	14	4288	12	4339	28
4187	500	4238	2 50	4289	28	4340	24
4188	150	4239	14	4290	95	4341	25
4189	20	4240	75	4291	10	4342	110
4190	10	4241	30	4292	24	4343 4344	40
4191	7	4242	7 50	4293	155		
4192	10	4243	3	4294	4	4345	24
4193	7	4244 4245	11	4295	25	4346	15
4194	1000			4296	13	4347	22
4195	26	4246	5 50	4297	145	4348	45
4196	26	4247	20	4298	8	4349	23
4197	50	4248	6 50	4299	100	4350	4
4198	16	4249	5	4300	16	4351	5
4199	10	4250	10	4301	5	4352	10
4200	13	4251	11	4302	100	4353	20
4201	22	4252	120	4303	29	4354	20
4202	14	4253	82	4304	12	4355	18
4203	12 50	4254	4	4305	18	4356	»
4204	1010	4255	55	4306	25	4357	30
4205	180	4256	110	4307	15	4358 4359	10
4206	11	4257	131	4308	3 50		
4207	25	4258	305	4309	7 50	4360	17
4208	32	4259	13	4310	143	4361	22
4209	11	4260	11	4311	11	4362	15
4210	21	4261	2	4312	120	4363	9
4211	31	4262	30	4313	4	4364	5 50
4212	3	4263	11 50	4314	8	4365	10
4213	14	4264	13	4315	7 50	4366	9
4214	20	4265	240	4316	17	4367	1
4215	8	4266	12	4317	31	4368	41
4216	22	4267	100	4318	32	4369	7
4217	2	4268	34	4319	5	4370	112
4218	12	4269	21	4320	17	4371 4372	17
4219	15	4270	15	4321	210		
4220	16	4271	30	4322	100	4373	32
4221	15	4272	15	4323	22	4374	11
4222	6	4273	22	4324	15	4375	15
4223	20	4274	39	4325	15	4376	8
4224	610	4275	12	4326	10	4377	102
4225	46	4276	155	4327	40	4378	3 50
4226	13	4277	31	4328	60	4379	70
4227	13	4278	26	4329	40	4380	2 50
4228	9	4279	20	4330	52	4381	150
4229	8	4280	48	4331	25	4382	16
4230	14	4281 4282	10	4332	40	4383	10
4231	8			4333	19	4384	120
4232	11	4283	5	4334	15		

Numéros.	Prix.	Numéros.	Prix.	Numéros.	Prix.	Numéros.	Prix.
4385	{ 21	4436	50	4487	6	4538	33
4386		4437	26	4488	200	4539	21
4387	3	4438	5 50	4489	26	4540	95
4388	5	4439	12	4490	30	4541	50
4389	{ 11	4440	14	4491	11	4542	45
4390		4441	20	4492	50	4543	25
4391	4	4442	15	4493	15	4544	75
4392	{ 10	4443	26	4494	58	4545	195
4393		4444	500	4495	60	4546	35
4394	10	4445	85	4496	95	4547	170
4395	25	4446	42	4497	9	4548	40
4396	17	4447	4	4498	350	4549	30
4397	20	4448	50	4499	96	4550	14
4398	355	4449	6	4500	26	4551	15
4399	130	4450	50	4501	5	4552	14
4400	20	4451	8	4502	112	4553	11
4401	24	4452	15	4503	19	4554	18
4402	7	4453	15	4504	13	4555	11
4403	13	4454	60	4505	11	4556	4
4404	14	4455	35	4506	21	4557	2 50
4405	20	4456	19	4507	23	4558	10
4406	5	4457	59	4508	17	4559	10
4407	28	4458	25	4509	31	4560	40
4408	210	4459	11	4510	10	4561	75
4409	10 50	4460	28	4511	2	4562	44
4410	15	4461	21	4512	60	4563	8
4411	22	4462	37	4513	60	4564	32
4412	40	4463	16	4514	150	4565	26
4413	75	4464	80	4515	27	4566	32
4414	15	4465	15	4516	30	4567	90
4415	45	4466	10	4517	6	4568	76
4416	60	4467	300	4518	102	4569	{ 45
4417	14	4468	9	4519	7	4570	
4418	210	4469	11	4520	»	4571	35
4419	27	4470	26	4521	21	4572	15
4420	120	4471	4	4522	29	4573	20
4421	23	4472	151	4523	21	4574	5
4422	50	4473	175	4524	13	4575	9
4423	8	4474	21	4525	20	4576	18
4424	14	4475	12	4526	10	4577	15
4425	205	4476	51	4527	50	4578	96
4426	38	4477	20	4528	40	4579	50
4427	52	4478	25	4529	9	4580	20
4428	105	4479	4	4530	42	4581	25
4429	41	4480	22	4531	42	4582	50
4430	70	4481	190	4532	44	4583	80
4431	40	4482	14	4533	20	4584	60
4432	100	4483	7	4534	19	4585	30
4433	10	4484	18	4535	52	4586	15
4434	25	4485	60	4536	20	4587	45
4435	60	4486	19	4537	150	4588	38

Numéros.	Prix.
4589	20
4590	39
4591	13
4592	13
4593	65
4594	6
4595	9
4596	9 50
4597	11
4598	31
4599	41
4600	12
4601	11
4602	10
4603	30
4604	5
4605	19
4606	10
4607	7
4608	26
4609	10
4610	35
4611	80
4612	13
4613	6
4614	7 50
4615	75
4616	13
4617	10
4618	3 50
4619 4620	17
4621	61
4622	24
4623	473
4624	29
4625	8
4626	6
4627	10
4628	6
4629	15
4630	40
4631	6
4632	16
4633	5 50
4634	9
4635	11
4636	6
4637	9
4638	7
4639	62

Numéros.	Prix.
4640	18
4641	8
4642	4
4643	16
4644	6
4645	5
4646	78
4647	10
4648	20
4649	10
4650	20
4651	160
4652	5
4653	5
4654	4 50
4655	17
4656	15
4657	7 50
4658	20
4659	20
4660	12
4661	10
4662	61
4663	11
4664	15
4665	10
4666	10
4667	4
4668	31
4669	5 50
4670	6
4671	20
4672	19
4673	20
4674	2
4675	2 50
4676	5
4677	15
4678	38
4679 4680	10
4681	3
4682	3
4683	16
4684	15
4685	14
4686	5
4687	9
4688	8 50
4689	8
4690	11

Numéros.	Prix.
4691 4692	21
4693 4694	16
4695	6
4696 4697	22
4698	15
4699	8
4700 4701	21
4702	10
4703 4704	10
4705	15
4706	10
4707	21
4708	13
4709	5
4710	8 50
4711	22
4712	20
4713	22
4714	31
4715	25
4716	8
4717	12
4718	4
4719	3 50
4720	15
4721	6
4722	10
4723	5 50
4724	20
4725	60
4726	15
4727 4728	12
4729 4730	22
4731 4732	35
4733 4734	22
4735	18
4736	5 50
4737	16
4738	105
4739	20
4740	30
4741	35

Numéros.	Prix.
4742	18
4743	100
4744	15
4745	18
4746	15
4747	57
4748	85
4749	40
4750	150
4751	30
4752	13
4753	75
4754	58
4755	40
4756	100
4757	21
4758	180
4759	5
4760	35
4761	50
4762	60
4763	205
4764	376
4765	12
4766	371
4767	20
4768	9
4769	100
4770 4771	17
4772	41
4773	30
4774	28
4775	5
4776	50
4777	180
4778	23
4779	60
4780	8
4781	20
4782	10
4783	201
4784	201
4785	3 50
4786	10
4787	40
4788	305
4789	205
4790	200
4791	60

Numéros.	Prix.	Numéros.	Prix.	Numéros.	Prix.	Numéros.	Prix.
4792 {	11	4843	130	4893 {	9	4945	55
4793 {		4844	21	4894 {		4946	40
4794	215	4845	200	4895	29	4947	31
4795	400	4846	60	4896	20	4948	410
4796	300	4847	12	4897	4	4949	42
4797	20	4848	30	4898	9	4950	20
4798	300	4849	17	4899	15	4951	26
4799	100	4850	78	4900	16	4952 {	40
4800	15	4851	30	4901	15	4953 {	
4801	76	4852	6	4902	14	4954	26
4802	40	4853	27	4904	7 50	4955	49
4803	30	4854	30	4905	100	4956	44
4804	45	4855	90	4906	21	4957 {	70
4805	5	4856	10	4907 {	16	4958 {	
4806	145	4857	3	4908 {		4959	28
4807	150	4858	17	4909	11	4960	28
4808	20	4859 {	11	4910	22	4961	32
4809	10	4860 {		4911 {	40	4962	21
4810	210	4861	12 50	4912 {		4963	201
4811	180	4862	14	4913	19	4964	4
4812	130	4863	6	4914	92	4965	31
4813	8	4864	17	4915	18	4966	25
4814	55	4865	4 50	4916	82	4967	40
4815	18	4866	17	4917	22	4968	4
4816 {	18	4867	25	4918	305	4969 {	5 50
4817 {		4868	5 50	4919	73	4970 {	
4818	66	4869	7	4920	17	4971	3
4819	100	4870	13	4921	30	4972	10
4820	5	4871	19	4922	40	4973 {	14 50
4821	60	4872	15	4923	190	4974 {	
4822	500	4873	9 50	4924	26	4975	21
4823	200	4874	3	4925	21	4976	2 50
4824	35	4875	30	4926	21	4977 .	6 50
4825	22	4876	14	4927	3	4978	7
4826	16	4877	»	4928	85	4979	12 50
4827	15	4878	12 50	4929	55	4980	30
4828	40	4879	3	4930	20	4981	12
4829	310	4880	3	4931	35	4982	29
4830	341	4881	45	4932	20	4983	11
4831	150	4882	26	4933	200	4984	10
4832	160	4883	20	4934	40	4985	15
4833	5	4884	5	4935	41	4986	12
4834	21	4885	26	4936	49	4987	48
4835	16	4886	21	4937	35	4988	12
4836	102	4887	10	4938	51	4989	11
4837	58	4888	50	4939	24	4990	12
4838	55	4889	41	4940	70	4991	10
4839	95	4890	5	4941	14	4992	25
4840	25	4891	8	4942	95	4993	17
4841	25	4892	11	4943	16	4994	6
4842	500			4944	21	4995	2

Numéros.	Prix.
4996	11
4997	13
4998	14
4999	9 50
5000	7 50
5001	50
5002	31
5003	21
5004	101
5005	31
5006	15
5007	26
5008	11
5009	2
5010	15
5011	46
5012	21
5013	30
5014	11
5015	24
5016	21
5017	90
5018	11
5019	25
5020	15
5021	12
5022	16
5023	20
5024	20
5025	20
5026 } 5027	21
5028	.20
5029	28
5030	33
5031	62
5032	16
5033	62
5034	30
5035	35
5036	28
5037	36
5038	31
5039	30
5040	18
5041	20
5042	15
5043	23
5044	39
5045	17
5046	26

Numéros.	Prix.
5047	20
5048	17
5049	15
5050	36
5051	11
5052	3
5053	36
5054	25
5055	5
5056	26
5057	46
5058	25
5059	27
5060	32
5061	50
5062	155
5063	17
5064	8
5065	8
5066	3 50
5067	23
5068	26
5069	3
5070	8
5071	12
5072	7
5073 } 5074	31
5075	50
5076	27
5077	11
5078	12
5079	37
5080	18
5081	17
5082	18
5083	55
5084	20
5085	28
5086	36
5087	23
5088	28
5089	45
5090	25
5091	20
5092	28
5093	155
5094	26
5095	20
5096	20
5097	21

Numéros.	Prix.
5098	13
5099	51
5100	1390
5101	170
5102	18
5103	19
5104	16
5105	13
5106	16
5107	20
5108	12
5109	80
5110	58
5111	26
5112	78
5113	58
5114	43
5115	20
5116	17
5117	30
5118	80
5119	40
5120	42
5121	42
5122	55
5123	16
5124	19
5125	20
5126	2 50
5127	15
5128	24
5129	31
5130	13
5131	55
5132	18
5133	15
5134	40
5135	20
5136	16
5137	15
5138	30
5139	510
5140	40
5141	70
5142	66
5143	3 50
5144	105
5145	100
5146	205
5147	100
5148	42

Numéros.	Prix.
5149	31
5150	38
5151	40
5152	26
5153	30
5154	30
5155	11
5156	12
5157	9
5158	101
5159	22
5160	30
5161 } 5162	30
5163	18
5164	20
5165	200
5166	55
5167	85
5168	16
5169	125
5170	280
5171	200
5172	41
5173	28
5174	151
5175	130
5176	14
5177	400
5178	95
5179	100
5180	70
5181	331
5182	17
5183	1810
5184	30
5185	»
5186	50
5187	300
5188	75
5189	35
5190	15
5191	60
5192	39
5193	20
5194	43
5195	150
5196	15
5197	200
5198	31
5199	76

Numéros.	Prix.
5200	11
5201	20
5202	350
5203	21
5204	30
5205	100
5206	20
5207	25
5208	63
5209	29
5210	14
5211	21
5212	14
5213	35
5214	13
5215	25
5216	100
5217 / 5218	24
5219	11
5220	101
5221	32
5222	46
5223	31
5224	75
5225	1100
5226	28
5227	15
5228	50
5229	18
5230	16
5231	5 50
5232	21
5233	15
5234	26
5235	45
5236	28
5237	45
5238	15
5239	18
5240	35
5241	14
5242	20
5243	21
5244	43
5245	37
5246	51
5247 / 5248	505
5249	255
5250	30

Numéros.	Prix.
5251	16
5252	20
5253 / 5254	25
5255	35
5256	95
5257	81
5258	15
5259	15
5260	20
5261	13
5262	27
5263	10
5264	17
5265	15
5266	14
5267	11
5268	17
5269	1100
5270	25
5271	12
5272	25
5273	17
5274	230
5275	16
5276	15
5277	18
5278	650
5279	30
5280	21
5281	20
5282	30
5283	150
5284	25
5285	45
5286	7
5287	30
5288	13
5289	205
5290	22
5291	21
5292	75
5293	60
5294	18
5295	16
5296	215
5297	13
5298	240
5299	495
5300	55
5301	55

Numéros.	Prix.
5302	21
5303	350
5304	48
5305	17
5306	20
5307	20
5308	20
5309	24
5310	22
5311	36
5312	20
5313	100
5314	20
5315	20
5316	20
5317	24
5318	21
5319	20
5320	15
5321	20
5322	18
5323	19
5324	15
5325	15
5326	15
5327	46
5328	25
5329	1010
5330	25
5331	200
5332	32
5333	10
5334	25
5335	45
5336	36
5337	25
5338	4
5339	385
5340	121
5341	150
5342	61
5343 / 5344	25
5345	25
5346	180
5347	305
5348	65
5349	19
5350	15
5351	22
5352	20

Numéros.	Prix.
5353	25
5354	37
5355	30
5356	200
5357	100
5358	165
5359	15
5360	63
5361	35
5362	15
5363	13
5364	155
5365	710
5366	250
5367	4
5368	785
5369	21
5370	20
5371	57
5372	40
5373	5
5374	21
5375	255
5376	15
5377	24
5378	8 50
5379	26
5380	24
5381	12
5382	14
5383	7
5384	12
5385	19
5386	15
5387	15
5388	15
5389	16
5390	50
5391	28
5392	15
5393	10
5394	4 50
5395	8
5396	19
5397	32
5398	13
5399	20
5400	4
5401	9
5402	17
5403	11

Numéros.	Prix.	Numéros.	Prix.	Numéros.	Prix.	Numéros.	Prix.
5404	11	5454	5	5506	16	5557	50
5405	15	5455	17	5507	17	5558	20
5406	48	5456	20	5508	62	5559	45
5407	11 50	5457	20	5509	18	5560	21
5408	10	5458	15	5510	62	5561	18
5409	9	5459	30	5511	11	5562	»
5410	22	5460	15	5512	56	5563	55
5411	14	5461	14	5513	16	5564	40
5412	8	5462	18	5514	39	5565	36
5413	9	5463	6	5515 5516	18	5566	19
5414	6	5464	45	5517	14	5567	30
5415	18	5465	16	5518	26	5568	22
5416	20	5466	82	5519	35	5569	1320
5417	20	5467	30	5520	11	5570	39
5418	20	5468	40	5521	108	5571	100
5419	57	5469 5470	50	5522	23	5572	62
5420	20	5471	31	5523 5524	30	5573	25
5421	15	5472	18	5525 5526	30	5574	50
5422	59	5473	15	5527	30	5575	22
5423	19	5474	135	5528	18	5576	21
5424	12	5475	18	5529	45	5577	50
5424 bis	10	5476	100	5530	62	5578	17
5425	30	5478	3	5531	20	5579	35
5426	19	5479	49	5532	19	5580	17
5427	16	5480	18	5533	25	5581 5582	30
5428	30	5481	»	5534	54	5583	405
5429	60	5482	21	5535	230	5584	48
5430	16	5483	13	5536	23	5585	18
5431	12	5484	25	5537	23	5586	5
5432	10	5485	62	5538	10	5587	10
5433	19	5486	5	5539	10	5588	20
5434	20	5487	11	5540	6	5589	11
5435	21	5488	14	5541	90	5590	15
5436	8	5489	11	5542	58	5591	13
5437	9	5490	40	5543	16	5592	10
5438	10	5491	13	5544	21	5593	70
5439	98	5492 5493	20	5545	6	5594	15
5440	15	5494	30	5546	15	5595	6
5441	100	5495	10	5547	360	5596	18
5442	21	5496	6	5548	31	5597	9
5443	25	5497	35	5549	14	5598	20
5444	9	5498	10	5550	17	5599	10
5445	8	5499	10	5551	11	5600	42
5446	16	5500	9	5552	20	5601	9
5447	10	5501	15	5553	17	5602	32
5448	16	5502	2 50	5554	9	5603	20
5449	56	5503	5	5555	21	5604	18
5450	14	5504 5505	8	5556	1020	5605	11
5451	20					5606	15
5452	4					5607	18
5453	19						

Numéros.	Prix.	Numéros.	Prix.	Numéros.	Prix.	Numéros.	Prix.
5608	11	5655	60	5702	3	5749	80
5609	15	5656	79	5703	41	5750	96
5610	31	5657	16	5704	6	5751	100
5611	60	5658	10	5705	24	5752	400
5612	105	5659	30	5706	5	5753	18
5613	85	5660	95	5707	14	5754	335
5614	15	5661	15	5708	54	5755	
5615	45	5662	21	5709	10	5756	145
5616	41	5663	39	5710	2	5757	26
5617	6	5664	15	5711	9	5758	20
5618	150	5665	28	5712	66	5759	200
5619	17	5666	13	5713	5	5760 }	15
5620	45	5667	63	5714	15	5761 }	
5621	100	5668	76	5715	5	5762	7 50
5622	10	5669	4	5716	6	5763	19
5623	125	5670	18	5717	10	5764	46
5624	29	5671	20	5718	20	5765	15
5625	190	5672	11	5719	5	5766	30
5626	23	5673	10	5720	5	5767	180
5627	20	5674	27	5721	10	5768	160
5628	25	5675	2	5722	65	5769	42
5629	16	5676	5 50	5723	6	5770	150
5630	10	5677	14	5724	15	5771	23
5631	60	5678	15	5725	17	5772	29
5632	20	5679	14	5726	9	5773	1300
5633	20	5680	20	5727	7	5774	17
5634	45	5681	6	5728	»	5775	255
5635	11	5682	11	5729	20	5776	38
5636	14	5683	12	5730	28	5777	25
5637	140	5684	50	5731	15	5778	23
5638	19	5685	13	5732	18	5779	130
5639	99	5686	15	5733	29	5780	35
5640	26	5687	14	5734	55	5781	160
5641	20	5688	5	5735	10	5782	35
5642	45	5689	10	5736	8	5783	250
5643	31	5690	2	5737	35	5784	20
5644	350	5691	7	5738	15	5785	14
5645	81	5692	35	5739	30	5786	45
5646	10	5693	10	5740	15 50	5787	26
5647	19	5694	160	5741	10	5788	10
5648	77	5695	15	5742	10	5789	10
5649	47	5696	8	5743	3 50	5790	Lots
5650	26	5697	10	5744	24	5791	»
5651	11	5698	10	5745	21	5792	»
5652	21	5699	4	5746	20	5793	»
5653	95	5700	2 50	5747	14	5794	45
5654	61	5701	21	5748	30	5795	20

PRODUIT TOTAL (Y COMPRIS LES 5 0/0 PAYÉS PAR LES ACQUÉREURS) :

626,574 fr. 90 c.

RECTIFICATIONS AU CATALOGUE

N° 1720, note. *Au lieu de :* Très-rare, *lisez :* Copie.

N° 2372. *Au lieu de :* France : François Ier, *lisez :* Espagne : Charles-Quint.

N° 2427. *Au lieu de :* Evelyn, etc., *lisez :* Van Dyck, d'après lui-même.

N° 2813. *Lisez :* Kielman.

N° 2885, note. *Lisez :* Troisième état.

N° 3274. *Au lieu de :* Louise, *lisez :* Christine.

N° 3414, note. *Au lieu de :* Avant le nom, *lisez :* Avec le nom.

N° 3787. *Au lieu de :* Le même personnage, *lisez :* Charles III, duc de Lorraine.

N° 4210, note. *Lisez :* Avec la lettre.

N° 4221. *Au lieu de :* Oswald, etc., *lisez :* La Tour d'Auvergne (Henri-Oswald), cardinal.

N° 4520, mal placé par suite d'une transposition, aurait dû figurer après le n° 4523.

N° 4812. *Au lieu de :* marquise de Roubaix, *lisez :* fille de Nicolas, duc de Mercœur.

N° 4968. *Lisez :* Sonnet de Courval.

N° 5318. *Au lieu de :* Lorraine (Claude de), *lisez :* Luynes (Marie-Charles-Louis d'Albert, duc de).

N° 5322. *Lisez :* (D., suppl.).

N°s 5624 à 5628. *Lisez :* (D., 2228, 2229,), (D., 2230), (D., 2231), (D., 2233), (D., 2234).

N° 5629. *Effacez :* Ligny (l'abbé D.), *et lisez :* (D., 2235-2236).

N° 5638. *Lisez :* Alexandre VII.

N° 5645, note. *Lisez :* Troisième état.

N° 5648. *Effacez :* Portrait d'un magistrat

N° 5650. *Au lieu de :* Alvarès d'Avila, *lisez :* Astorga d'Avila.

N° 5666 *Lisez :* Pallu-, Raguier.

N° 5674. *Lisez :* (D., 2302).

N° 5678. *Lisez :* Boullongne (Bon de).

N°s 5686 à 5688. *Lisez :* (D., 2324), (D., 2325), (D., 2326).

N°s 5691 à 5694. *Lisez :* (D., 2327), (D., 2328-2329), (D., 2330), (D., 2334).

N° 5709. *Au lieu de :* 1644, *lisez :* 1677.

Paris. — Typographie Firmin-Didot et Cie, 56, rue Jacob. — 6155.